AF320829

LES DEUX

MARGUERITES.

LES DEUX MARGUERITES.

CANTIQUE *sur l'air du Cantique de Saint Roch.*

ÉCOUTEZ bien de toutes vos oreilles,
Compagnes, Sœurs, Méres en Jesus-Christ,
Je ne vais point, racontant des merveilles,
Vous éblouir du clinquant de l'esprit :
      Vérité pure,
      Je vous assure,
Préside seule à ce fidel récit.

    AMUSEMENS de Fête passent vîte,
Ne suffit pas d'y livrer notre cœur ;
Il faut aussi que notre ame profite
D'un bien plus pur, d'un plaisir plus flatteur,
      C'est du mérite
      De Marguerite,
      Dont la douceur
    Fait tout notre bonheur.

S A Patrone eut, quoique née hors de France,
Ce que la nôtre offre ici fous nos yeux,
Vertus, talens, efprit, beauté, naiffance,
Tout ce qui peut charmer & rendre heureux;
  Mais fa richeffe
  Fait fa détreffe;
Son Pere étoit Grand Prêtre des faux Dieux.

M A R G U E R I T E eût figuré fur la Terre,
En époufant Olibre, Préfident;
Mais le vrai Dieu qu'à tout Elle préfére,
Lui fait braver le plus cruel tourment;
  Et notre Mere,
  Au Monaftere,
Foule à fes pieds fa fortune & fon rang.

U n Empereur, de fatale mémoire,
De Marguerite ofe attaquer l'honneur,
A fes genoux met fon fceptre & fa gloire,
Et tous les feux de fon infâme cœur;
  D'une humeur douce,
  Elle repouffe
  Le fier Tyran,
Qui fe dit fon amant.

D I O C L É T I E N , entre en grande colere,
Et fur le champ vous met flamberge au vent,
Mon cher Monfieur, dit-elle, allez-vous faire
D'un Empereur un méchant garnement ?
      Remettez vîte
      Ce glaive au gîte,
      C'eft au Seigneur
    Que je garde mon cœur.

N O T R E Empereur dans fa rage maudite,
Etincellant comme un vrai Lucifer :
Faites venir, dit-il, un fatellite,
Avec fes pieux & fes ongles de fer ;
      Qu'il la déchire,
      Que fon martyre,
      De fes mépris
    A mes yeux foit le prix.

M A R G U E R I T E eut tout d'abord quelque crainte ;
Mais le Seigneur bien-tôt la raffura :
Le Soldat entre, il empoigne la Sainte,
Et l'Empereur fon grand jurons jura.
      Cette canaille
      Vous la tenaille,
      Mais c'eft envain,
    Dieu la guérit foudain.

PAR ce miracle à jamais mémorable,
Le méchant Prince ayant un pied de nez,
Fait trancher net cette tête adorable,
Qu'on vit caufer fes défirs forcenés,
Son ame quitte,
La Vierge vîte,
De ces bas lieux
L'emmène dans les Cieux.

AINSI finit la déplorable hiftoire
De notre Sainte après tant de combats ;
Mais le Seigneur qui du haut de fa gloire,
Veille toujours aux befoins d'ici-bas,
Comme un bon Pere,
Dans notre Mere,
Nous a rendu
Plus qu'on avoit perdu.

L'ESPRIT divin répandit fa lumière
Sur les fcrutins de fon élection,
Elle nous guide en la fainte carrière,
Par fon exemple & fa devotion ;
La folitude
N'a rien de rude,
Et fes rigueurs
Près d'elle font des fleurs.

De la vertu, pour elle feule auſtère,
Nous n'éprouvons ici que les douceurs :
Supérieure eſt un titre ordinaire,
Que l'on obtient avec de vains honneurs ;
Titre de Mere,
Et tendre & chere,
Lui fut donné du vœu de tous nos cœurs.

Au Tout-Puiſſant que de graces à rendre,
Empreſſons-nous d'invoquer ſes bontés,
Et que partout, ici, ſe faſſe entendre,
L'objet des vœux que l'amour a diĉtés,
Un tel hommage,
Eſt le préſage,
Que du Très-Haut ils feront écoutés.